中国诗人

卞宝泰

一著一

FU●
拂

YUN●
云

ZHAI●
斋

CI●
词

CHAO●
钞

北方联合出版传媒（集团）股份有限公司

春风文艺出版社

·沈 阳·

图书在版编目（CIP）数据

拂云斋词钞 / 卞宝泰著. —沈阳：春风文艺出版
社，2019.9（2021.1重印）
（中国诗人）
ISBN 978 - 7 - 5313 - 5466 - 6

Ⅰ.①拂… Ⅱ.①卞… Ⅲ.①词（文学）—作品集—中
国—当代 Ⅳ.①I227.8

中国版本图书馆CIP数据核字（2019）第178597号

北方联合出版传媒（集团）股份有限公司
春风文艺出版社出版发行
http://www.chunfengwenyi.com
沈阳市和平区十一纬路25号　邮编：110003
永清县晔盛亚胶印有限公司印刷

责任编辑：刘　维　　　　　　　责任校对：于文慧
装帧设计：琥珀视觉　　　　　　幅面尺寸：125mm × 195mm
印　　张：7　　　　　　　　　　字　　数：126千字
版　　次：2019年9月第1版　　印　　次：2021年1月第2次
书　　号：ISBN 978-7-5313-5466-6
定　　价：48.00元

序

好诗总在情深处

卞宝泰即将出版旧体词集《拂云斋词钞》，邀我作序，我欣然接受。之所以欣然，主要有两个方面的原因：一是看到宝泰诗词创作取得如此成就，着实令人欣喜；二是宝泰的第一本词集由我作序，能为几十年的老同志、老朋友尽些绵薄之力，也是一件高兴的事情。

我和宝泰相识有三十多年了。20世纪80年代，我在鞍钢机关工作，宝泰先后在鞍钢第二炼钢厂和鞍钢武装部工作。由于工作的关系，我们有了许多接触。那时他还是二十几岁的青年，浓眉大眼，唇红齿白，诚恳热情，精气神十足，干起工作全身心投入，但又不急不躁，颇有些少年老成，让人感到很可靠、很放心。以后我们的工作都有多次变动，业务上没有了直接的联系，见面机会很少，但他在我心里一直保留着良好的印象。

　　尽管我和宝泰相识多年，也知道他爱学习、肯钻研，有很不错的文字功底，却不知道他喜欢诗词，并且勤于诗词创作。直到2015年鞍山市诗词学会换届以后，吸收一大批比较年轻的同志入会，宝泰经李国征副会长介绍也加入了学会，我才惊喜地发现，原来宝泰也会写诗词呀。一转眼，三年多的时间过去了，我看到宝泰诗词创作孜孜不倦，水平迅速提高，其进步的速度超过了我的想象。这次宝泰把书稿拿给我看，我一首不漏地仔细阅读了一遍。以前是零散地读他的作品，认知远不如这次系统阅读深刻，因而也有类似士别三日当刮目相看的感觉。

　　在我的印象里，他的诗词写得都很好，尤其长于填词。他的诗大部分是七绝和七律。七绝中不乏言简意深、优美动人之作，如祝贺红楼梦学会成立的三首七绝都很值得一读："拈朵莲花若悟禅，古今一梦结尘缘。虚无且任石头记，幻化推开说旧年。"他的七律写得已经比较成熟，起承转合顺畅，对仗工整，表意清晰，内涵丰富，如张钧诗集出版的贺诗："正是秋丰入满仓，千华诗草撷芬芳。玉琴一曲风尘扫，清气三分山色妆。应惜青春存大梦，终随岁月载琼章。词林已醉花间客，陈酿鸿篇溢酒香。"宝泰的词作较之诗作更多一些。在这本书稿中，可以看到他填过好多词牌，而且不论是小令还是中调、长调，都填得很自如，很精到，比如《如梦令·夏夜》："欲把清心罗列，散去尘嚣明澈。绿水举风荷，摇落一池明月。欣悦，欣悦，醉了三分梦叠。"还比如《江城子·重阳颂》："欲把光阴皆碾碎，分秒数，展舒长。"我觉得他的好些词作很有味道。

在这本书中，收入了宝泰不同风格的作品。有婉约之作"邀春小坐听梅语，携步相行唤友邻……舒杯何不开怀至，几许闲情指上痕"（《鹧鸪天·贺友芳辰》）；有沉郁之作"抖落风霜沉袖底，无惊宠辱波澜。余知天命尚多三。倚风描淡淡，提笔道谦谦。功名归向尘土去，但求仁义肩担。一波玉水挑心帘。欲留清誉在，闲适阅千帆"（《临江仙·生日感怀》）；有清新之作"一夜凝霜落絮飞，妆成玉树捧霞晖。凭窗远望羽人归"（《浣溪沙·初雪》）。可以说，宝泰在诗词创作中，各种风格都能够驾驭，而且都可以写出一些值得赞赏的佳作。

宝泰诗词创作进步之快值得称道，尤其是他作为一名企业的主要领导者，能够热衷于诗词，且造诣渐深，更是值得赞赏。宝泰是鞍钢劳服公司副经理兼中型加工厂厂长。这个厂掌控着一条现代化的小型材轧钢生产线。这条生产线有年产一百万吨钢材的生产能力。近几年该厂管理水平持续提升，产量、质量和经济效益不断创造新水平，取得了骄人的业绩。宝泰作为厂主要领导，其紧张、忙碌程度，是可想而知的。在这种情况下，宝泰能够在工作之余，坚持诗词的学习和创作，真是难能可贵。不过话又说回来，企业的领导者喜欢文学，钻研诗词，如果处理得当，对于做好企业管理工作不但不会产生干扰，还会发挥积极作用。企业管理说到底，是对人的管理。文学是人学，是研究人的学问。这方面学问做得好，可以增进对人的了解和理解，推动管理的科学化以及人性化发展，体现更多的人文关照。同时，企业领导者在管理企业的过程中，培育了全局观念、系统思维，扩大了胸襟和气势，增强了对人们心理、思维、行为规律的了解，一定会有利于诗词创作。这一点，在宝泰身上可以得到印证。他关心职工，善于引导，队伍带得好，企业搞得风生水起。同时，他又在实践中、群众中汲取营养，开掘创作源泉，使诗词创作的深度与广度都得到拓展。我们看看他与职工的感情："斟来豪气凌风。向明月，对杯空。荟萃群英谋一醉，踏千山，意满西东……弟兄围坐笑谈中。酒盈杯，叹这相逢。正是缘来千万里，借机声，欲饮乡浓……好时光，再游江海，众君携我上高峰。"（《合欢带·与外地员工赏月雅聚》）再看看他与工友相聚抒发的情怀："把盏数轻痕，不觉醺醺。豪情入墨愿如君。今夜逍遥谋一醉，明日凌云。"（《浪淘沙·原厂老工友立春日雅聚》）还可以看看工作实践与企业之间交流对他的提升："改革路，强国梦，烙心间。共商大策，唯有博采众长宽。碾落三千块垒，开启全新视角。中外聚源泉。纵是风云剪，还把海波掀。"这一首的题目是《水调歌头·于深圳参加中外企业文化峰会（依志国兄韵）》。

阅读宝泰的书稿，我不时被打动、被感动。于是，我在思索，他的诗词作品中是什么打动我、感动我。结论是一个"情"字。有情，人才能算得上有血有肉；有情，诗才能鲜活灵动，生动感人。学会诗词的写作技巧，掌握诗词的创作规律，只要肯下功夫，应该是可以做到的，但是如果少了一个"情"字，缺乏真情、深情、热情、激情，即便会写诗，也难于写出打动自己、打动别人的好作品。所以说"真情好入诗""好诗总在情深处"。

宝泰词中的骨肉至情。骨肉情是人们心中最深沉、最恒久、最刻骨铭心的情感，也是一切文学作品中最能打动人、最能引起共鸣的情感。宝泰的词中这方面的内容也是最真挚感人的。他忆父亲："又逢佳节泪成行。诉悠长，付汪洋。冢上青青，生死两相望。久跪坟前心语寄，三杯酒，报安康。"（《江城子·忆家严》）他忆母亲："但愿天堂灯不暗，照亮个，娘亲脸。任长望，无关窗月淡。恩在也，清如鉴，情在也，清如鉴。"（《酷相思·忆先慈》）读到这里，我很感动，特别是"久跪坟前心语寄，三杯酒，报安康""但愿天堂灯不暗，照亮个，娘亲脸"，引起了我心中的强烈共鸣。我想很多人都有过这样的感受。宝泰的女儿小小年纪在异国求学，为人父者的挂牵与思念可想而知。他用自己的词，把这种涌动的情感真切地描述出来。"昨夜秋风几上弦，离情触拨鹧鸪天。心随爱女万重去，目已空山一日牵。"（《鹧鸪天·机场送爱女》）"为女求安求福，随她自在自由。血脉亲情皆换作，一深眸。"（《春光好·中秋思爱女有寄》）"欲遮白发添神采，只待归来两地圆。"（《鹧鸪天·爱女回家过年》）"时光不解人间味，怎不停留慢几天。"（《鹧鸪天·送爱女回澳洲》）舐犊之情，人共有之，宝泰倾情表达，感人至深。

宝泰词中的挚友浓情。他笔下的同事之情："群萃盛京聚，壮气震英贤。可知谁谓文武，当是杜蘅牵。卅岁能荣高誉，激发雄心去处，勤业落清笺。一任放豪迈，安不铸新篇？踏风浪，张铁翼，步青山。奋身执笔，天命知以续开元。时有思寻求索，得见耕耘收获，重义负双肩。留得襟情在，交付此云天。"（《水调歌头·贺杜斌获省劳动模范殊荣》）他笔下的同窗情谊："沃土壮新苗，辫扎红绡。童年一曲彻云霄。转动风车扬远梦，再把春邀。"（《浪淘沙·六一下午相约渔掌门》）童年往事的追忆中充满了甜蜜。"樽酒生凉，惊闻驾鹤仙乡路。纷飞乱绪，摇落同窗语……北风怒，凝成心雨，笺上知谁付。"（《点绛唇·哭同窗好友》）同窗英年早逝，不胜悲哀之情跃然纸上。他笔下的朋友情谊："笑把山花一朵，拈成思绪三分。悠然访友见欢欣，早有豪情不尽。"（《西江月·赴庄河养殖场看望陈哥》）"兄弟挽，友朋牵，蟠桃献寿更怡然。吉时围坐齐相贺，一曲高山再和弦。"（《鹧鸪天·贺有明兄生辰》）朋友间相互信赖，相互关心，真心相处，其乐融融。他笔下的诗友情谊："杏月春浓香载酒，欲写新词未就。约此杯中友，醉听酥雨苏心透。"（《惜分飞·春分邀友雅聚兼谢相羽兄赠墨宝》）"拾韵萦香醉染秋，无关名利志相酬……书家一笔惊天地，诗落兰亭万目收。"（《鹧鸪天·七子书法作品展有记》）嘤其鸣矣，求其友声。宝泰在诗词学会中结交了许多志同道合的诗友，不仅经常切磋，共同提高，而且情感交融，多有唱和，甚是开怀。

宝泰词中的家国深情。宝泰自幼受到良好的思想教育，从少先队员到共青团员，再到共产党员；做过工人、共青团干部、党务工作者、企业管理者。一路走来，党的观念、国家民族的观念，在头脑里深深地扎下根。他热情讴歌中国共产党。在《满江红·喜迎十九大》中写道："凝正气，经风雨。鸣号响，扬帆去。引千人千策，一带一路。斗转七星江北看，新兴百业天南数。强社稷，中国梦迎来，轩辕铸。"在《金缕曲·贺建党九十七周年》中写道："更问狂澜谁力挽，历波涛，识得英雄气。共产党，民心系。"在《鹧鸪天·党日活动参观辽沈战役纪念馆留字》中写道："思寸寸，恨重重，悲歌动地溅旗红。丰碑无字镌心底，自把英豪刻梦中。"他对党的热爱与崇敬，对党的丰功伟绩的赞赏与讴歌，无不发自内心，无不真挚、深沉。他对中华民族自鸦片战争以来屈辱的历史无比悲愤，对新中国特别是改革开放以来所取得的辉煌成就无比自豪，他把爱国之心、强国之志融入词中。在《洞仙歌·观港珠澳大桥有寄》中写道："金梁架海，敢把长空跃。展尽雄风自超卓……星辉频闪烁，看我河山，大道无形手中握。"在《醉思仙·改革开放四十周年有感》中写道："擎梦征程远，任由云月横刀。用当年热血，今日披袍……"作为一个有思想、有主见的诗词作者，宝泰深知自己挚爱的国家和民族，只有在党的领导下，走中国特色社会主义道路，才能长盛不衰，才能傲立于世界民族之林。他在诗词中，把爱党、爱国、爱社会主义、赞美改革开放有机地统一起来，并且把家国情怀，把最深厚的感情，注入其中。

宝泰的第一本词集面世，是他词创作成果的集合与检阅，也标志着一个新的起点。包括宝泰在内的我们这些人，总体上讲，还都是诗词初学者，需要学习的东西还太多太多。诗词天地博大精深，而且是弘扬优秀传统文化、增强文化自信的重要领域。希望宝泰对于诗词的学习、创作兴趣不衰，势头不减，写出更多的优秀作品，在不久的将来，出版更高水平的诗词集。

王延绵

2018年12月于钢都鞍山

王延绵，现任辽宁省诗词学会副会长，鞍山市诗词学会会长、千山诗社社长。

目　录
CONTENTS

山水篇

目　录

CONTENTS

目　　录
CONTENTS

目　录
CONTENTS

目　录
CONTENTS

目　录
CONTENTS

目　录
CONTENTS

目　录
CONTENTS

目 录
CONTENTS

目　录
CONTENTS

酬唱篇

目 录

CONTENTS

目　录
CONTENTS

目 录
CONTENTS

山 水 篇

长相思·杏花

根儿知，叶儿知。

占尽东风鉴玉姿，胭脂一树时。

燕牵丝，柳牵丝。

旧雨寻芳春信迟，惹来桃李痴。

采桑子 · 丙申重阳聚草堂

重阳邀做山中客，置酒相庄。
醉里言狂，何不南山共举觞。

倾杯倒尽吟豪兴，天地清扬。
拈句成双，旁簇茶花溢满堂。

浣溪沙·关门山采风观瀑布

疑是天宫玉闸开，穿云瀑布卷空来。
浮舟荡漾回廊台。

明镜回溪流翡翠，清光映影入蓬莱。
风邀墨客振襟怀。

浣溪沙·初雪

一夜凝霜落絮飞，妆成玉树捧霞晖。
凭窗远望羽人归。

风起苍黄寻瑞色，枝悬清白待寒梅。
时将静悟入霏微。

浣溪沙·红海滩寄咏

铺展琼筵近际涯，谁摇赤海隐芦花。
秋香跌落入流沙。

置酒千杯邀醉客，听琴一曲抚衔葭。
闲云几朵动风斜。

浣溪沙·与钢都七子相偕夫子庙

约上春风一路行，相偕七子到金陵。
秦淮十里访贤明。

明德堂前寻过往，乌衣巷里探曾经。
谁家画舫正琴声。

好时光·游沈阳方特

至若童宫寻趣，抡摆锤，劈流星。
张翅欲飞苍岭过，春秋我敢擎。

纵也魂离窍，急勇进，探纵横。
忘了尘缘事，忆那少年行。

眼儿媚·关门山览胜

芳树千重翠眸前，溪水荡悠闲。

湖穿远岫，风敲小径，听取林蝉。

蜿蜒幽道盘云上，倚石看流泉。

雨飘雾起，浑将忘我，静也思仙。

醉花阴 · 游乾隆栈道

日染峰峦浮影翠，水汽犹沾霈。
环势谷幽深，峭石千重，花盛随人醉。

我心欲与乾隆会，绿道铺经纬。
曲栈掩烟波，静处悠然，山色无尘味。

醉花阴·去王家岛遇荷塘驻足有感

停车欲览山风坐，香牵荷韵过。

满眼翠珠凝，粉黛梳妆，直上浮云朵。

更斟一盏悠然卧，可待君来么。

污浊捧莲花，何以清清，最是心如我。

浪淘沙·宝得公司雨中赏荷

雨打碧池娥，乱叶惊波，
天公似遣六琴魔。
弹碎蛙声遮蝶影，啸语婆娑。

云散日斜坡，露衬红荷，
羞妆别样舞裙罗。
早有蜻蜓尖上立，秀羽婀娜。

浪淘沙·参观明孝陵有感

石象列重重，青冢飞龙。

圜丘深处访遗踪。

楼阁纵横山水绕，志上群峰。

王气意无穷，孝字当空。

推开云雾望天容。

且看苍茫千古事，谁是英雄。

鹧鸪天·台安苗圃游记

醉美人①生垄上掀，钓公②相约绿中缘。

云台把盏诸君畅，玉笔耕诗个趣欢。

杯斟满，影摇先，云笺小字划春烟。

薄妆凝视窗前久，谁解风情叠翠山。

①醉美人：醉美人乃海棠别称。
②钓公：指苗圃主人张钓。

鹧鸪天 · 相约瓦子沟

张兰邀聚瓦子沟，山乡雪掩妙心留。
闲情自把微寒抵，乐事当随雅聚酬。

情切切，意悠悠，呼朋大笑醉红楼。
缘中只在同船渡，相望江湖风雨游。

鹧鸪天·上夹峰

仙人台上劈石屏，云端直立看群英。
啸天尽展凌云志，荡气回肠聚友朋。

风过鬓，岁添情，青枝撩动落纷争。
人生回首多艰险，极目山峰又一层。

鹧鸪天 · 游云台山红石峡

一眼寒泉石径深，龙潭溪谷绕清音。
但随自在闲情踏，且领逍遥信步吟。

云台上，水声寻，还乡翌日解尘心。
芳容岂肯轻轻过，红峡夕辉落满襟。

鹧鸪天·哈市归途赏雾凇

韵染纤条隐静姿，霜迎寒放吐清奇。

冰凝木上疑芦雪，水冷风中挂管丝。

抬眼望，惹心痴，琼花跌落乱瑶池。

不由撷取平生句，写尽穷词尚未知。

鹧鸪天·韶山瞻仰毛主席故居

东来紫气染峦岗，雨淋秋色映青黄。
但寻天地流光影，此卧云松写岁殇。

舒浩气，历清霜，横空策杖韵悠长。
江山一揽开宏业，砥柱巍然好渡江。

鹧鸪天·中会寺梨花

一串晶莹杵禅钟，香飘十里玉玲珑。
冰心欲染千丝绪，雪羽轻垂五柳风。

春睡醒，梦相逢，游云高卧会明空。
平生抱朴清留笔，直许幽山遣素容。

鹧鸪天·咏梅

掩妆淡去展清姿，与春相约赴花期。
飘飞尘上衣衫素，赠予丛中雪影痴。

香碾路，洁凝诗，孤芳深谷醉心时。
羞同桃李齐争艳，只做东风第一枝。

鹧鸪天·钢城雪

鹤羽凌空舞若狂，钢城大地赐清凉。
风行一路豪情卷，梦落千山意气扬。

红梅绽，白棉翔，银峰极目岁华量。
残枝尚有芬芳味，北国辞秋别样妆。

鹧鸪天·赞抗日名将叶挺将军

谁解自由是什么，明心寄远问囚歌。
挥师北伐一身胆，振臂南昌万里河。

行浩荡，立巍峨，肩担重任命相磨。
红旗指引先锋路，气禀英魂铸共和。

临江仙·丙申秋日游（步无尘子韵）

雁叫萧寒留步，风迎缭绕冲云。

秋声催叶落飞纷。

象头崖刻梦，狮子石雕裙。

百代因缘重任，千年文脉轻痕。

仙人何在过凡尘。

今朝成墨客，后辈铸乾坤。

临江仙·漫步龙潭湾

几度梦相见，玉开岫壑，龙绕潭湾。

置身里，清风唤醒花团。

惊叹。

迂回曲折，通幽径，叶落香肩。

堪清静，恰雨丝穿线，亭榭嫣然。

悠闲。

空林独步，拈一心系青峦。

浥轻尘，愁绪尽逝云烟。

流年，有听琴趣，拈词意，置酒成欢。

昂扬志，七彩生霞帔，流水高山。

临江仙·猕猿峰

可是猕猿端坐帐，群峰屏气微躬。
绿涛之上隐行踪。
遍寻飞影翠，未见落花红。

入座香岩修净地，参天遥耸云中。
山峦撼月引明空。
灵光祥尽显，瑞气福全通。

临江仙·游雪乡大雪谷

风响空林飘素影，枝摇冷玉荡苍峦。

声声呼啸卷云天。

化形峰走笔，凝气雾飞烟。

此欲寻梅香雪海，谁知深径履痕难。

一沟三壑谷中穿。

豪情依旧在，看我踏平川。

临江仙 · 登王家山留字

拾级幽山望远，随缘信步登高。

能攀穹顶踏逍遥。

任凭霜雨阻，当是性情邈。

雏菊清香吐艳，重峦叠嶂生骄。

云峰斜挂剪风刀。

光阴无力挽，俗事有心抛。

临江仙·重游兴城古城

黛瓦回廊流古韵，犹然商贾穿梭。

风烟散尽忆蹉跎。

海边听叱咤，楼上看巍峨。

南北纵横沧桑里，谁能飞渡心河。

千年古邑世人过。

纵流光易老，任大梦堪磨。

临江仙·桃花潭览胜

十里桃花深潭酿，调和李白才名。

踏歌岸阁道曾经。

苍峦光过隙，青石韵敲声。

万朵千枝流翠影，牵来风月长绳。

一诗一画一幽情。

都言南北事，莫若两三朋。

系裙腰·咏韶山滴水洞

群峰叠嶂瑞霞飘，苍翠映，识人豪。

三湘灵秀龙涎滴，欲为谁骄。

一钩水，任逍遥。

几重烟锁关不住，英雄气，贯云霄。

殷殷红叶流星火，更刻风刀。

兀沉杯久，捧心邀。

两同心·岫岩龙泉湖览胜

翠袖低垂，白云舒展。

木兰花，独立娉婷。山亭燕，相随缱绻。

更行来，湖上龙泉，风斟玉盏。

这般华年如幻，留痕深浅。

解千绪，任是清心。谋一醉，当为铁汉。

振襟怀，放纵春秋，扬尘向远。

行香子·杏花吟

花乱清波，影绕帷墙。

醒东君，含萼流香。

春风掠过，烟水凝望。

看飘红云，落白雪，倚明窗。

欲邀燕子，同回故里。

散纷飞，拣尽时光。

留痕浅淡，入盏芬芳。

任愁人惜，闲人语，逸人妆。

行香子·水墨汀溪赏春

烟雨江南，水墨汀溪。

约良贤，脚踏香泥。

波旁鸭戏，竹下心痴。

享一湖风，百茶味，几花堤。

偷来闲日，寻成小趣。

洒豪情，不负当时。

高低京剧，左右春蹊。

念这般人，那些事，此番诗。

风入松 · 夜游王家岛

翠枝浮影起沧波，犹见屹巍峨。

几分月色留行客，更几分，飞梦调和。

拈取浪花千朵，放归心海如何。

临风挥袖任蹉跎，千里共吟哦。

烟云重锁无情物，得身闲，文以消磨。

凉夜清幽陪枕，晓风悠漾酹歌。

粉蝶儿·岫岩赏映山红

万朵红霞，欲上花枝会聚。
借东风，漫山飞去。
更邀来，三五缕，柔柔微雨。
润心声，当把满怀倾诉。

绿树明妆，点染日华无数。
却伤怀，可知何故？
叹春残，留不住，慢些脚步。
一年年，绽放壮情交付。

一丛花·金州樱桃园采摘

驱车百里赴佳期，全为赏娇姿。

殷红玛瑙叮当挂，掩绿中，怀抱林栖。

秀色可餐，清风惹醉，深浅浸香枝。

玲珑一点串朱丝，闲步且相宜。

流云凝露舒情看，两三个，欲与谁知。

绛珠餐罢，丹霞染尽，犹是在当时。

一丛花·绿佳泰葡萄主题公园

和风十里散花香，驰道上康庄。

珍珠砌塔摇波绿，惹人醉，更酿疏狂。

藤蔓结门，琼枝铺径，浑润透心房。

环园翠挂满庭芳，消夏好邀凉。

亲朋故友偕相叙，共佳泰，山水迎祥。

掬泉涤尘，携琴访鹤，只在此中望。

画堂春 · 阅江楼眺长江

阅江楼上望江流，奔腾六百春秋。

万千烟雨画中收，天地相酬。

飞阁排云浩浩，响钟警世休休。

郑和西下阐深谋，沧海何求。

乌夜啼·九华山参禅

九九高峰错落，重重翠嶂氤氲。
梵音过尽千秋客，拜向佛前真。

拾级能开景色，修心可长精神。
禅机妙悟层层上，天地享人尊。

西江月·翠微亭仰岳飞雕像

上得坡坪展望，岳帅威武雄壮。

骑马提枪怒远方，英名当为千秋。

昔日荣光一事，汗青留迹乾坤。

贺兰山缺抖长衿，救国驱赶金兵。

西江月·文笔峰布善

万丈青峰云绕，几多凡客心攀。

仙人担土立高山，只待文豪笔绽。

写尽风光浓淡，题来岁月悲欢。

清心布善结机缘，不负人生过半。

芭蕉雨·参观霸王祠

道却英雄气概。

若何人命尽，乌江败。

只剩几分情债。

遍处冢草萋萋，烟云霭霭。

仰天葱翠为盖。

相别远山拜。

三十一响钟，承千载。

敢问这，好男儿，何以不过江东，豪情不再。

渔家傲·采石矶凭吊李白

太白楼上浮云杳。依稀耳畔诗词绕。
欲醉风中无俗扰。
吟了了。也学谪仙心生傲。

一任天真谋大笑。由来自把清闲钓。
管甚江山迎我老。
邀同道。文辞揽近开怀抱。

占春芳·马鞍山赏油菜花

青玉案，黄金屋。

振臂上高冈。

醉卧花间生梦，揽风一枕春光。

忘了俗尘忙。

趁今时，心置寻常。

欲留深印三千里，相访何妨。

醉蓬莱·天涯海角写意

望茫茫天海，一色连横，群山缥缈。

两石相邻，拥时光多少。

落雁平沙，闲鸥翔集，任无争无扰。

叶翠摇空，椰香铺路，浪涛歌啸。

进步登高，拾阶向远，握把风清，捧成烟袅。

海角天涯，让尘心明了。

淡看花开，淡看花落，对镜中衰老。

梦里焦思，世中琐事，皆成谈笑。

蝶恋花·春到玄武湖

引领春天风作序。
铺满平湖，好景藏玄圃。
鸥鹭悠闲湖上步，池心锦鲤园中趣。

我撷明珠寻太古。
沧海沉浮，望断凌波伫。
纵是流年辞我去，依然大笑相交汝。

蝶恋花·分界洲岛览胜

身绕云烟仙境倚，谁洒珠玑，到此心先洗。
花下美人谁可比，山间睡佛无涯际。

欲把海蓝研细细，铺满霞空，天地澄明里。
往返清风推浪起，而今更见奔腾势。

山花子·金陵赏樱

欲把春心折几枝，借来风动续千丝。
聊以闲情听花语，一团痴。

信手拈云收窄袖，开怀得句入新诗。
莫待无时空入梦，趁芳时。

朝中措 · 夜游秦淮河

半江锦绣月华邀，灯影共亭桥。
犹见金陵王气，更寻淮水风操。

一弦一柱，轻调事事，细抚朝朝。
我意高呼太白，留诗醉卧今宵。

一剪梅·玫瑰谷赏花

满径玫瑰向日开。

随风袖里，撞影瞳来。

留芳不敢扰他枝，蹑足轻轻，香印双鞋。

恰有春声入我怀。

悠然何去，自在谁猜。

青山携梦更高层，相约明年，再看花开。

河渎神 · 大小洞天游

南山临海风。叹光景别匆匆。

石涛翻浪见神工。

五十里翠千重。

流泉引我仙人访，能不老？问青松。

随心归隐图画。

待明日再从容。

江城子·礼拜鉴真文化苑

松风送我上云端。

理尘缘，筑心莲。

廊腰缦回，物外最悠闲。

欲与高僧轻语论，听禅道，解忧烦。

几番东渡历艰难。

志弥坚，无须言。

慨叹人生，无处不波澜。

趁此时光清俗念，春满径，共凭栏。

秋波媚·椰田古寨探奇

谁把天风舞飞扬，散落满椰香。

苗家遗韵，民情浸染，小锤叮当。

且随小径通幽去，此处自清凉。

暂归世外，将心平静，莫道思量。

感 怀 篇

如梦令·夏夜

欲把清心罗列，散去尘嚣明澈。

绿水举风荷，摇落一池明月。

欣悦，欣悦，醉了三分梦叠。

相见欢·置酒听琴社首聚（步龙萍八妹韵）

草堂①一叙成欢，悦红颜。

醉里轻音半阕，泄阑珊。

随缱绻，嗟懒散，慧心填。

雅室修行养德，意兴传。

---

①草堂：南山草堂主人张世辉大哥。张大哥为祝贺置酒
听琴社开张，设宴招待八妹。

浣溪沙·置酒听琴社成立周年感怀（步三姐韵）

记取去年笔底轻，闲时置酒叙通明。
机缘相契共清声。

万里云帆留小字，千般岁月步新程。
平心尝世列横经。

浣溪沙·读延章兄《延章——文联诗词赋集》有感（步南山草堂韵）

字里勾描平仄扬，心声未尽赴诗行。
持来正气笔如枪。

小册集成吟雅意，轻尘掸落坐轩堂。
我随高致枕楠香。

点绛唇 · 哭同窗好友

樽酒生凉，惊闻驾鹤仙乡路。

纷飞乱绪，摇落同窗语。

挽叹德民，空自称豪武。

北风怒，凝成心雨，笺上知谁付。

菩萨蛮·也说环保

欲将豪荡行丹笔，奈何污浊遮天碧。
灰火掩青山，云霄纳黑烟。

尘霾千里积，生态百年益。
植树在前人，乘凉为子孙。

卜算子·联欢感怀

风携瑞雪归，霜伴新年到。

雅集狂欢尽激情，火树银花俏。

佳友贤朋临，福语祺祥报。

频把诗心同杯乐，炫美欣然笑。

卜算子·祝学会党支部成立兼贺党的生日

浩气彻云霄，烈烈高风剪。
一盏明灯引路行，尽把山河挽。

南湖烟雨楼，犹写烽尘漫。
擎斧挥镰红火怒，浸透旌旗展。

好事近 · 贺子润爱女出阁

小聚畅情时，一曲佳声萦绕。
借得良辰美酒，道喜春音报。

鸾笙合奏比珠联，自把齐眉效。
喜福盈门结缔，俊才偕女貌。

清平乐 · 初伏

芦丰草茂，朵朵莲花笑。

荷下鸳鸯双扮俏，夏日池塘热闹。

一湾碧水清波，追逐嬉闹天鹅。

自在游鱼乱舞，空中翠鸟飞歌。

清平乐·儿童节咏怀

曾经年少，陌上青青草。

一朵红云胸前绕，不问什么烦恼。

叹这岁月流金，往事可待追寻。

纵是青春弃我，我亦不负初心。

诉衷情 · 女神节寄语爱女

娇鸾雏凤别家乡，及笄离爹娘。
孑身敢闯天涯，溢彩染流光。

佳节念，女儿妆，小忧伤。
万千祈福，三五叮咛，只为安康。

好时光·女儿芳辰有寄

借缕轻风捎去，红烛点，玉颜持。
身在异乡千个念，遥空捻作丝。

满目花正艳，一朵朵，可心知。
小马扬鞭去，任尔卷尘蹄。

莺声绕红楼·七夕感怀兼步八妹韵

垂落蛛丝愁织绸。情何了，别绪银钩。

一点灵犀天汉照，云渡送轻舟。

欲借仙桥留，鹊衔梦，谁与相酬。

看罢红尘无尽扰，孤月亦登楼。

西江月·赴庄河养殖场看望陈哥

径路驱车放浪，羊肠卷土飞尘。
纵横沟壑凛衣巾，有意清风借问。

笑把山花一朵，拈成思绪三分。
悠然访友见欢欣，早有豪情不尽。

春光好·中秋思爱女有寄

牵皓月，系兰舟。至中秋。
凭借风吹莫驻留，
远方收。

为女求安求福，随她自在自由。
血脉亲情皆换作，
一深眸。

眼儿媚·女神节同学辛俊平宴邀同窗

三月春风雪飘飘，尽显丽人娇。
喜酬佳节，欣看巾帼，把盏相邀。

纤云出岫尘寰寄，半壁共肩挑。
情缘恰似，历经霜雨，笑对波涛。

惜分飞·春分邀友雅聚兼谢相羽兄赠墨宝

杏月春浓香载酒，欲写新词未就。

约此杯中友，醉听酥雨苏心透。

何不酣然趋五柳，放任长风振袖。

可许兴怀否？更添狂墨思朋旧。

西江月·参加中外企业文化深圳峰会（步以纯兄韵）

志国鹏城立马，思民健笔登坛。

一番豪气种根源，但看芬芳已绽。

展翼凌空俯瞰，梦随踏海萦牵。

皆文皆武本心圆，堪为柔情铁汉。

雨中花 · 中秋写意

正是金风时候，掬捧秋情酿酒。
捡点悠闲随丽日，一付杯中就。

陌上独行香满袖。约心梦，共悬星斗。
问仲月，此心堪皓夜，何不江花绣。

鹧鸪天·忆好友李惠

不过风霜五十秋，缘何尽处鹤西游。
一生傲世扬豪气，满腹高怀涉远谋。

添惋怅，恨离愁，长风洒泪与君留。
夜阑往事桩桩醒，泉下心知再行舟。

鹧鸪天·赴昌图参加同窗德民葬礼有感

故里不知旧人无，桃花依旧绽昌图。

红尘一捧归尘土，浊酒三杯挽命途。

从散后，忆来初，天将此意溢心湖。

悲情几度谁能解，唯与哀思奋笔书。

鹧鸪天·党日活动参观辽沈战役纪念馆留字

锦州鏖战瘴气浓，塔山阻击袭卷风。

兵锋直捣辽河水，志气横吹苍岭松。

思寸寸，恨重重，悲歌动地溅旗红。

丰碑无字镌心底，自把英豪刻梦中。

鹧鸪天·相聚

群坐闲庭把酒斟，如潮思绪乱纷纷。
春秋怎解铭心重，日月曾知刻骨深。

窗外望，陌中寻，常留期盼梦来温。
倾听沧海千丝注，再看山峦万里云。

鹧鸪天·参加诗词学会六代会有感

远近高低各不同，红花绿草笑园中。
清新尽惹宾留步，淡雅偏迎客履匆。

星弄曲，月留踪，且将惬意寄芳丛。
风情莫问千般好，唯有诗家异馥浓。

鹧鸪天 · 生日咏怀

一梦沉沉破五更，依稀执手伴君行。
举头情愫托残月，闭目心潮寄远朋。

斟烈酒，慕闲庭，冰心三寸照天青。
欲携皓空银河水，遥赠无边故友情！

鹧鸪天 · 小型分厂赞

宪法①精神世代传，流光四载道途艰。
市场管理居优势，精品螺纹未等闲。

拼暑热，斗霜寒，顶天立地美名叹。
须知协力迎锋锐，再创辉煌夙梦圆。

①宪法：这里指"鞍钢宪法"。

鹧鸪天·诗词学会三十年感赋兼依湛宽老师韵

偶结尘缘翰墨家，平平仄仄理生涯。
星移过往悠然去，云起沉浮淡泊赊。

痴万籁，醉千华，诗余梦里揭轻纱。
而今欲览峰峦秀，早有清风雪月花。

鹧鸪天·老乡缘

俊侣鸿儒不了缘，为君小赋鹧鸪天。

常思故土凝眸远，时有乡音绕耳前。

经齐鲁，聚鞍山，蹉跎岁月老容颜。

觥筹高举流光短，我辈风流更一年。

鹧鸪天·千里送亲

缘定潘郎奔山盟，心随诗惠小轩亭。
传书月老牵丝线，过耳金风送笛声。

情不悔，爱终生，维多利亚定天成。
百年同结相思扣，合卺传杯续此情。

鹧鸪天 · 生辰同学聚会兼谢兴霞

不觉又吟鹧鸪天，同窗笑语祝声欢。
频斟美酒思童趣，偶忆长风结宿缘。

寻旧迹，叙当前，清茶浅品扣心安。
此间多少阑珊意，不尽余情种满园。

鹧鸪天·鞍钢部分老团干部中秋雅聚

斗酒高朋兴意浓，别离卅载喜重逢。

忘怀一任杯中醉，回首当时梦底匆。

英武气，婉柔风，霜凝银鬓漫豪雄。

清音朗彻逍遥夜，国粹承弘看始终。

鹧鸪天·拜大年

才见金鸡掀曙霞，又来义犬踏梅花。
年光到处遮人眼，春色随时住我家。

邀福个，送君些，再吟瑞雪好烹茶。
门前更有红云朵，捡起拈成一岁华。

鹧鸪天 · 塞外行

塞外秋临雁阵声，天高云淡歇乡明。
西风瘦影叠残叶，陌野黄沙乱远程。

花微语，雨初醒，夕阳红下染豪情。
光阴一别归无影，洒落沧桑不忍停。

鹧鸪天·七子书法作品展有记

拾韵萦香醉染秋，无关名利志相酬。
云山运力龙蛇舞，气宇盈胸翰墨投。

将夕照，更明楼，谁人可比七贤侯。
书家一笔惊天地，诗落兰亭万目收。

鹧鸪天 · 妇女节有感

一抹朝阳唤早霞，金盘露满玉珠赊。
凝来千古英雄气，怒放三春巾帼花。

承孝道，理贤家，半边天染大中华。
盎然春意东风引，翠漫芳园胜百葩。

鹧鸪天·爱女回家过年

煮沸清词赋纸笺，离乡三载日如年。
爱为明澈清溪水，家是温馨小港湾。

重洋渡，浩波传，相思常付梦中言。
欲遮白发添神采，只待归来两地圆。

鹧鸪天·送爱女回澳洲

长夜愁消枕无眠，临窗对月意相传。
隔空一梦思飞绪，望远千重托寄言。

欢聚短，别离难，寒风摇碎寸心叹。
时光不解人间味，怎不停留慢几天。

鹧鸪天 · 机场送爱女

昨夜秋风几上弦，离情触拨鹧鸪天。
心随爱女万重去，目已空山一日牵。

凝有泪，道无言，轻装更向远方叹。
仰天且把相思默，望眼明年小燕翩。

鹧鸪天·春节与原单位老领导、老同志雅聚

不畏风中数点寒，重逢老友暖余欢。

三杯浊酒邀春约，一室浓情醉意喧。

谈往事，道流年，今生相识烙心间。

时光踏遍青春梦，同鼓征帆撰锦篇。

思佳客 · 鹏城接爱女

几度遥思向月弯，风中吹泪菊篱边。
借枝枫色裁秋信，惹我羁怀闹管弦。

归雁影，望云烟。灯前又数两三年。
今时许与慈颜付，一了亲心得尽欢。

思佳客·被中华诗词学会接纳为会员感赋

偶入诗林静俗尘，相邀唐宋伴余春。

一方山水一闲客，千里风光千道痕。

行笔墨，荡烟云。驻留情愫上昆仑。

耕耘古韵寻娱乐，愿做东篱赏菊人。

浪淘沙·六一下午相约渔掌门

沃土壮新苗，辫扎红绡。

童年一曲彻云霄。

转动风车扬远梦，再把春邀。

曾架五云毫，日月横刀。

纵然两鬓岁痕雕。

抖落心尘沉笔底，任此逍遥。

浪淘沙·原厂老工友立春日雅聚

风挽北枝春，欲吐欣欣。

摘来圆月裹清芬。

更待千梅呼梦醒，山水开门。

把盏数轻痕，不觉醺醺。

豪情入墨愿如君。

今夜逍遥谋一醉，明日凌云。

虞美人 · 七夕

银河钩月调弦坠，夜洒星光醉。

寻常如是远山清，溪水听风怎奈草虫鸣。

谁舒广袖轻尘拭，鹊架云桥觅。

转春成忆一年空，才子佳人沧海又重逢。

一斛珠·谢德辉先生赠墨宝册页（步尼山子先生韵）

墨流香韵，笔生秀叶春花嫩。

一点银钩从容问：岂是心怀，能入这方寸？

颜筋柳骨新调粉，穿云破浪凝虚靥。

游龙过海风排阵。气势浑成，振臂消人困。

一斛珠 · 澳门逢情人节有感

溪桥约会，垂杨影里人成对。

小河流水应无悔。

月下清欢，多少痴情泪。

佳节勾来心底事，他乡几度春华醉。

怕翻胡曲难安寐。

柳岸风荷，夜夜相思味。

临江仙·中秋吟

美景良辰依旧，阴晴缘定思凝。
秋颜将老落疏成。
月圆花探路，心静梦敲更。

愿得年年如是，高斟杯盏斜倾。
饮来丹桂诉流星。
良时相执手，此刻慰离情。

临江仙·生日感怀

抖落风霜沉袖底，无惊宠辱波澜。

余知天命尚多三。

倚风描淡淡，提笔道谦谦。

功名归向尘土去，但求仁义肩担。

一波玉水挑心帘。

欲留清誉在，闲适阅千帆。

蝶恋花·祭屈原

汨水惊涛悲泣注，浪遏龙舟，天问无情雨。
治国贞心遭险阻，壮怀雄节凭人妒。

踏破几番求索路，楚地豪情，击落三江怒。
一曲离骚千古铸，九歌回荡清风处。

蝶恋花·父亲节随笔

别去高堂时岁久，回望烟云，犹抱风前守。
冷暖谁知安泰否，修心修品谆谆又。

昨夜梦中相聚有，依旧慈颜，鬓染霜丝就。
饮醉浓情堪胜酒，泪眸凝满相思瘦。

蝶恋花·迎春

一唱雄鸡天放晓，梅吐清芳，香径随风绕。
谁与轻盈唤春好，邀来明媚鹅黄闹。

高歌奏得花狂傲，次第层门，深浅枝头俏。
莫负韶华趁行早，青山欲上长声笑。

蝶恋花·听雪

雪落清姿妆玉树，又织冰绡，傲立寒中伫。
拈段幽香无觅处，君炉置酒听琴诉。

有意苍茫携一缕，欲借西风，掸却心尘路。
静里扶窗听细语，依稀约我豪情付。

12月12日天降瑞雪，无尘子召置酒听琴社兄弟姐妹在
"老君炉"酒楼饮酒听雪，席中确定本期作业用《蝶恋
花》填词。

蝶恋花 · 岁末感怀

梦里飞花装两袖，盛满幽香，一入杯中酒。
皓月悬空牵左右，为何梦窄眉间瘦。

忆尽初音人故旧，更甚怀愁，怎个深心透。
岁去留痕身渐皱，吾思吾意祈天佑。

蝶恋花·除夕夜与员工吃年夜饭有思

机器轰鸣人鼎沸，共此欢腾，欲付英才磊。
但见钢花添百卉，推心煮酒乡情坠。

除夕团圆今与醉，且把相思，化作家滋味。
铁水千炉融一汇，春来万丈光芒最。

蝶恋花·生辰酬答各位诗友

雪压桃枝闲弄影。到处飞花，犹若良辰请。
我趁华年欲驰骋，身依贤友平生幸。

功名看破知天命。眺远高峰，日月和光盛。
卧以青山无从赠，裁云一朵心相敬。

蝶恋花·鞍山诗词学会华诞抒怀

如是流光三十载，墨染寒山，红绿添风采。
笔走神龙心驾海，强音荡得添澎湃。

诗绘宋唐还相代，纸上馨香，散落千千态。
雅律清词观自在，同歌华夏当行迈。

一剪梅·儿童节感怀

天命之年童趣赊。

树下骑驴，河里摸虾。

爬房揭瓦燕儿抓。

用这时光，暗吐枝芽。

检点流年数一些。

诗囊渐满，鬓雪添加。

风吹散了梦回家。

什么虚名，我自轻拿。

唐多令·红木

云雾绕深山，林涛生瑞烟。

历百年，硬骨擎天。

浸满沧桑沉入梦，终唤醒，注香檀。

纹理守纯然，精雕国色妍。

汇灵心，福报平安。

一段紫栴①能鉴古，春秋事，列明轩。

---

①紫栴：即紫檀。我国最早对于紫檀的记载见于晋代崔豹的《古今注·草木》："紫栴木，出扶南而色紫，亦曰紫檀。"

明月逐人来·丁酉七夕感怀

痴情望远，愁心思乱。

迎杨柳，欲牵长短。

几番烟雨，剩得离别叹。

醉里清风相伴。

谁渡银河，谁把千山踏遍。

心随这，佳人横断。

纵是吉辰，孤影当杯懒。

遗落残花片片。

明月逐人来·中秋感赋

和光铺地，金风垂翅。

中秋日，满心欢喜。

欲端圆月，悬挂天边桂。

几缕馨香倚醉。

斟满烟云，交付苍空足慰。

无端得，思情嚼碎。

欲寄远山，千万相思味。

惹我离心翻沸。

渔家傲·送英雄李铁

纵是寒冬钢城暖，严冰窖里军魂绽。

救溺危亡明月换。

悲中叹，身担正气排时难。

一任风华由此断，千般忠义当谁挽。

莫问青春何以献。

征程卷，心随白雪澄湖畔。

渔家傲·诗词学会赴岫岩捐资助学

尽沐春风滋小树，慈心怜弱同施助。

待到锋芒他日取。

参天处，得意今时倾怀注。

绿染初芽光泽布，始成大道诸方固。

正气相传高阔步。

温情付，横流沧海新歌谱。

鱼水同欢 · 诗海选粹周年庆

诗海张帆尘念远，雅客青衫，静里耕深浅。
墨吐清香沁轻暖，笔丰由得风流眷。

繁华落尽流光慢，但去书中，自有真知现。
一抹青山勾云卷，弘彰选粹吟无限。

破阵子·赞人民军队

回望南昌枪火，犹知中国军魂。
一曲浩歌添壮气，八面威风守大门。
沙场铁骨存。

谁把江山觊觎，任他红白难分。
我自巍然行本色，天将豪雄树战勋。
拨开万里云。

酷相思 · 忆先慈

冷意频生哀痛染，这悲楚，谁人感。
正垂泪，穿心尤惹念。
梦寐也，追思陷，梦醒也，离思陷。

但愿天堂灯不暗，照亮个，娘亲脸。
任长望，无关窗月淡。
恩在也，清如鉴，情在也，清如鉴。

青玉案·丁酉上元夜

瑶阶架起云桥路，雪灯照，梅千树。
漫捻流苏思故土。
倾杯问月，邀风作序，倒尽心中语。

天雷乍响惊无数，绽放银花落何处？
春逐五更催万户。
今宵夜色，来宵烟雨，笑看红尘去。

喝火令·春行（拈"留"字）

日暖风丝吐，云轻草色羞。

望中归雁惹春眸。

梅柳拂波乡梦，山水百川留。

静待香摇影，高呼翠满楼。

了然尘事解心囚。纵意江湖，纵意海东流。

纵意放怀天地，气魄一襟酬。

江城子·清明为父母扫墓

焚香三拜泪珠横，问心声，叩恩情。

黄土一抔，两界剩孤零。

历尽沧桑知冷暖，萦乱绪，绕空庭。

天增日月挽长绳，岭分明，水纵横。

我欲梦寻，哽咽诉亲情。

更有苍松添岁古，碑前跪，饮凄清。

江城子·元旦茶壶峰祈福

闻声不见望苍山，有风牵，惹心旋。
慢绕茶壶，烟霭盖流泉。
独倚幽林归向晚，临圣地，访神仙。

寻梅踏雪叩春还，历冬寒，不由叹。
振臂豪鹰，看我上层峦。
纵这清霜添两鬓，追岁月，道人间。

江城子·忆家严

又逢佳节泪成行。诉悠长，付汪洋。

冢上青青，生死两相望。

久跪坟前心语寄，三杯酒，报安康。

流年转瞬更思量，历风霜，守纲常。

冷暖人生，无愧我爹娘。

满腹深情谁可解，千万念，梦中偿。

江城子·重阳颂

秋风剪落叶微凉。桂留香，菊生黄。
辗转华年，重阳饮酒酿。
何处春丝犹在暖，回眸望，比心量。

露沾双鬓渐成霜。喜安康，淡轻狂。
古道悠悠，多少做牵肠。
欲把光阴皆碾碎，分秒数，展舒长。

佳人醉·2017年8月3日同学聚会有感

总是流连梦底，何以相缘于此。

十载言无忌，酸甜携手，共骋天地。

记取青葱少日，往来多欣喜。

微醺醉，以情腾沸。

真趣佐餐，手札拈成心绪，沧海堪回味。

笑声始，丝丝牵矣，感佩高情厚谊。

虞美人·孟秋感怀兼步无尘子韵

晨辉映壁轻尘雾，勤在争朝暮。
风衔稻浪冷蝉衫，欲借秋来细雨挑心帘。

青山有意寻幽绝，趁此邀明月。
更能高卧枕余香，壮我诗怀一路纳清凉。

风入松·哀茂县被泥石流淹埋

骤闻灾难寸心惊。泥水奔腾。

家园覆毁谁之虐，骨肉分，顿作飘零。

何以群山震怒，任由乱石纵横。

流云无助放悲声。泪洒天明。

无非嚼尽沧桑去，全民抗，大爱相擎。

昼夜挥扬旗帜，晨昏碾落真情。

风入松·春日宴老友

相邀三五续诗行。莫负时光。

平生意气当杯酒，倾一二，余七疏狂。

借我几分浅醉，豪情万里难量。

经年悄抚鬓边霜。老字轻藏。

而今又是东风起，春无尽，欢至飞觞。

且任壶中日月，来从笔下苍黄。

离亭燕·教师节忆刘玉群老师

授业钢都数载，桃李满园风采。

转战中原行警政，不忘执鞭欣慨。

呕血历青春，缕缕暖情犹在。

仍是这般仁爱，更见往时豪迈。

惊觉病魔缠健骨，已矣人生何奈。

驾鹤去云游，追念师恩遥拜。

一丛花·贺企业文化杂志出刊百期

拥花抚翠溢芬芳，留待菊枝香。

豪情醉倚秋风里，叠万丈，书尽篇章。

文振千声，笔开百顷，欢唱任疏狂。

雄鹰展翅向辉煌，斗志正昂扬。

晴空一跃排云过，傲三分，得见朝阳。

重任在肩，泰山压顶，心阔著汪洋。

洞仙歌·观港珠澳大桥有寄

金梁架海，敢把长空跃。
展尽雄风自超卓。看珠江彩瑞，
云水连绵，通港澳，不负苍生有托。

星辉频闪烁，看我河山，大道无形手中握。
任飞虹追日，立柱擎天，犹可见，身披壮心筹幄。
执剑并蛟龙，问天公，哪个是英雄，恣怀喷薄。

惜红衣·赞三泰新材料公司

雨绽芙蓉，云腾羽盖，访寻三泰。

致力新材，扬鞭久相待。

螺纹轧辊，双金属，开辟时代。

豪迈，呕心沥血，壮行吟澎湃。

心期一快，铸铁修身，拼赢定成败。

群雄傲立叹慨。助挥洒，

但看志如鸿鹄，方可强名长在。

屈贾流风盛，千万高情归凯。

醉思仙·改革开放四十年有感（新韵）

论英豪，把桑田巨变，天地新标。

看逢山开路，劈水搭桥。

知重任，念初心，四十载，上层霄。

握春风，大步向，改革时代相邀。

擎梦征程远，任由云月横刀。

用当年热血，今日披袍。

捧旭日，捣长空，万丈起，任纷嚣。

瞰清流，振衣袖，再随华夏登高。

水调歌头·于深圳参加中外企业文化峰会
（依志国兄韵）

清风何处起，劲草自然环。

这般时节，群雄相会即成欢。

几度回眸岁月，几许关情世事。

弹指一年年。

文化担当在，志业力争先。

改革路，强国梦，烙心间。

共商大策，唯有博采众长宽。

碾落三千块垒，开启全新视角。

中外聚源泉。

纵是风云剪，还把海波掀。

水调歌头·贺杜斌获省劳动模范殊荣

群萃盛京聚，壮气震英贤。

可知谁谓文武，当是杜蔺牟。

卅岁能荣高誉，激发雄心去处，勤业落清笺。

一任放豪迈，安不铸新篇？

踏风浪，张铁翼，步青山。

奋身执笔，天命知以续开元。

时有思寻求索，得见耕耘收获，重义负双肩。

留得襟情在，交付此云天。

满江红·喜迎十九大

锦绣铺成，商大计，京城汇聚。

东风卷，民心舒展，鹏鹪飞举。

欲掷金声知国器，联通干线奔京沪。

对天阁，探海向长空，豪言付。

凝正气，经风雨。鸣号响，扬帆去。

引千人千策，一带一路。

斗转七星江北看，新兴百业天南数。

强社稷，中国梦迎来，轩辕铸。

满庭芳·谢董洋兄赐墨宝

凝墨回香，挥毫入韵，研开笔势纵横。

如风走向，遒劲漫空擎。

但见真情注力，弃昼夜，掷以金声。

萦心篆，又将奇字，分付赠诗朋。

这般行自在，闲敲岁月，大写人生。

有彩云，裁来一片轻轻。

谁与几分古意，只消得，更上层层。

苍龙骨，盘山悬腕，天地蕴无形。

永遇乐·五四感怀

岁月如歌，青春若画，激情扬沸。
走过寒霜，追寻往事，一梦随流水。
回眸顾盼，凭栏远眺，锦簇雕镂彩绘。
忆当时，云烟弥漫，谁写少年无畏。

光芒闪耀，旗帜挥舞，一曲山河含泪。
信念凝成，精魂铸炼，云兴生霞蔚。
心潮荡漾，眼界浩瀚，调出人生真味。
待华皓，志游沧海，古今为最。

水调歌头·生辰自咏

尘沙横玉水，日月酿苍颜。

乐天知命，清风明鉴我心安。

纵是百般劳碌，却忆一年丰硕，行坐看云宽。

倍觉添神气，不尽放豪言。

务正道，酬壮志，启新篇。

韶华可付，不问名利问欣然。

一盏流光入画，几段回文裁梦，今个应从前。

酒到微醺好，花至半开妍。

水调歌头 · 五四感怀

青年情绽蕊，大志意擎天。

叹花凋早，望春曾也郁轩轩。

许我重来华少，壮气相酬岁老，人物肯当先。

共向风帆远，再把草堂宽。

多少次，浮旧梦，启新元。

冷香摇白，拼却心力致拳拳。

谁与沉浮左右，看破是非明辨，霜染一苍颜。

今日知无谓，明日待怡然。

水龙吟 · 鞍山诗词学会三十诞辰

如何卅载旌旗猎，引得这般豪放。

清词浸染，远山呼唤，随心荡漾。

好句相酬，三江汹涌，群雄激壮。

恰风流我辈，闲情佐酒，斟诗味，明心向。

几度扬尘怎忘，到头来，携云归港。

悄来笔底，虚名看淡，晴空豁朗。

欲挽长绳，能牵明月，引歌高亢。

欲征帆再起，乘风而去，叠波千丈。

西平乐 · 丁酉秋南山草堂诗词基地挂匾

有意田园自隐，做客南山下。

疏影篱边朵朵，红叶云间漫漫，

何不相邻学稼。

闲来品论，

待访渊明庐舍，附风雅。

吹广阔，行旷野。一枕秋声与共，

再饮时光醉罢，扯片云空借。

纵曲路，登无憾也。

悠然赏景，信意裁梦，酸纸墨，也铺写。

留得诗心且且。夕霞挽我，相拥风霜入画。

合欢带 · 与外地员工赏月雅聚

斟来豪气凌风。向明月，对杯空。
荟萃群英谋一醉，踏千山，意满西东。
钢花饱墨，分情八九，尽付苍穹。
仲秋时，共随圆夜，摘来星语心同。

弟兄围坐笑谈中。酒盈怀，叹这相逢。
正是缘来千万里，借机声，欲饮乡浓。
明心看处，都担道义，皆是英雄。
好时光，再游江海，众君携我上高峰。

沁园春·八一建军节有感兼依许家强韵

猎猎旌旗，铮铮铁骨，凛冽经年。

看神州十亿，共擎明月；军魂八一，洒落山川。

九秩豪情，万般信念，奋起雄师过险滩。

初心鉴，征尘安疆土，星火燎原。

南昌尤有风烟。荡思绪，回眸已蓦然。

揽罗霄南北，银潭左右，气当吞虏，势可排山。

甲胄于身，戎装待旦，永固长城锁玉关。

今朝看，恰兵强国富，振我轩辕！

沁园春·母亲节忆家慈

鬓染银丝，心凝玉霜，笔绽红霞。

捧时光一缕，堂前追忆；音容千个，梦里添加。

勤苦娘亲，辛劳儿女，病骨侵身日月遮。

思量久，皆恩情有日，母爱无瑕。

天高地隔嗟呀！不由叹，有妈才是家。

任风雕岁月，雨穿泪眼，剪裁别绪，更向云涯。

前定因缘，今生因果，来世栽修长命花。

青冢下，我亦悲怀涌，沧海尘沙。

金缕曲·贺建党九十七周年

七月扬旗帜。

荡风云，诞生之日，指间犹计。

犹见镰锤挥豪迈，多少魂归梦里。

祭先烈，井冈承继。

更问狂澜谁力挽，历波涛，识得英雄气。

共产党，民心系。

蠢碑刻印惊人世。

醒天地，引领光辉，誓词昭示。

当念丰功成宏业，更待筹谋锐志。

久凝望，犹风沙起。

把好国门方寸守，任流光，倾泻红船水。

持剑者，大无畏。

惜奴娇·水仙花

翠衣披身，意未敛，先桃杏。
荡微寒，踏浪而定。
一缕清风，漫幽芳，将魂冷。
相映。
四君子，高情折赠。

书案留香，只熏得，年华盛。
悠然是，晨昏自省。
立水中央，直气横，喧中静。
独影。
安坐那，施春号令。

夜行船 · 上元夜与外地职工观焰火雅聚

一朵繁花掀夜幕。

上银河，绽开千树。

但见明空，相邀圆月，已向万家奔赴。

点染华年春光许。

琼浆煮，同心倾故。

拾梦杯中，乘风席上，共把两情交付。

迎春乐·剑钢兄新春招饮并赠达木兰有寄

何人有此清怀抱，携君子，花间傲。

用澄明，且把心思了。

犹可见，维藩表。

随绿影，丰年相报。

冬日里，冰霜多少。

莫若闲情一盏，共约江山绕。

浪打江城·冬日自赏

岁晚挽流光，细数奔忙。

只把辛劳入梦征途长。

捻作青丝分两鬓，更提笔，渐寻常。

极目辨圆方，什么沧桑。

看我朝霞迎罢卧斜阳。

纵使华年消瘦影，清风卷，卷张狂。

酬 唱 篇

忆江南 · 大玉儿芳辰有寄

拈花雨，且为玉人倾。

风寄宴安芳信至，云捎天福吉辰迎。

甜润彻歌声。

减字木兰花·贺鞍山诗词拈云袖雨社成立兼步无尘子韵

桃红时候，嫩绿摇丝梳翠柳。

雨润群芳，花粉沾衣天送香。

真情笔点，峻岭波柔芳菲染。

踏春留痕，悦情添墨拂尘云。

卜算子·贺九妹芳辰兼步清扬韵

红裁梦之花，绿剪春之袂。
心迹沉沉三尺台，桃李枝头醉。

可是有梅邻？素雅听风倚。
慕向清清心丈量，才情堪学汝。

诉衷情·笑看风云芳辰有寄

风开盛宴寿桃红，诗描小玲珑。

清音一曲流韵，欢畅入情浓。

添岁月，借花容，赋匆匆。

人生浪漫，笑看风云，目向晴空。

山花子·九菊爱女大婚有贺

宋女裁红剪翠妆，爱河跌落溢华乡。
淋润千山春色绣，满贤良。

浩学当为行粤海，博才恰是此孙郎。
执手长风随月老，好时光。

西江月·倚岫听风诗社成立有贺

拈朵白云倚岫，摘轮明月听风。

遣心唐宋势连空，笔底幽香暗送。

淘尽群英会聚，追随古意相融。

行登高处瞰山峰，且以清心与共。

折丹桂·贺三姐新作出版

流霞一盏波心舀，振笔当清照。
兰笺种梦韵初开，愿与这，诗词老。

身归自在凡尘了，敢闯羊肠道。
拈来娴雅入春园，放眼眺，青山抱。

南歌子 · 贺张丽君芳辰

细叶裁春绿，微风惹黛娇。

轻云淡淡上凌歊，只为丽人芳诞，众君朝。

贺语和声妙，诗词索句高。

人生莫过此逍遥，何不开怀畅意，慰年韶。

江月晃重山·花影先生芳辰有贺

谁与芳华纵意，梦因诗句生缘。

笔端凝落一花园。

流清影，依旧是从前。

欲把秋枫点染，还将时日重弹。

今回唐宋采心莲。

佳辰近，好景寄三千。

浪淘沙令 · 纪念诗词学会三十周年庆祝大会有贺

卅载展鸿猷,雅韵承流。
长空助阵锦云稠。
诗海泛舟佳作涌,情系神州。

风满一庭秋,折桂枝头。
古今同和喜相酬。
今日邀君贻好句,再步高楼。

鹧鸪天·贺金融诗社成立

惠利千家数金融，诗坛助力上明空。
聚沙为塔通高路，点笔成金汇雅风。

情润物，意填胸，平平仄仄韵从容。
钢城一举豪篇撰，行业当先再建功。

鹧鸪天·贺有明兄生辰

有段福音付笔端，明心未老结茶缘。
豪情倾尽沉浮去，翰墨挥来起落看。

兄弟挽，友朋牵，蟠桃献寿更怡然。
吉时围坐齐相贺，一曲高山再和弦。

鹧鸪天 · 贺友芳辰

捎只燕子贺芳辰，无忧雅聚驭天真。
邀春小坐听梅语，携步相行唤友邻。

情自在，味香醇，闲耕笔砚晚来频。
舒杯何不开怀至，几许闲情指上痕。

鹧鸪天·贺小鱼儿芳辰

不惑年华二三秋，但将自在锁清眸。
经纶随处风中溢，气韵浑然笔底收。

何所谓，不相求，双花并蒂一生柔。
青山未老当回首，只看明时更满楼。

鹧鸪天 · 紫烟芳辰有贺

锦字生花信手填，为伊再赋鹧鸪天。
担来山色描秋景，扯下云巾做纸鸢。

能心印，不言传，长绳一缕意相牵。
柔荑种韵诗文里，只愿芳辰绕紫烟。

鹧鸪天·贺觉悟生辰

不惑流光又二年，凭添岁月续清弹。
人将果腹犹为米，尔以生机敢作田。

期富贵，道平安，重山千里任风烟。
本心觉悟修真果，一寸真诚值万钱。

鹧鸪天 · 楹联书法进小型分厂

纸墨含春瑞气临，联题愿景好沾襟。
勾描岁月钢花溅，书写人生风骨任。

浇与铁，淬为金，千炉汇入笔端深。
挥毫尽是飞龙舞，印满螺纹刻上心。

浣溪沙·贺友王复女儿大婚

剪断乡思垂柳梢，殷殷祝语伴风摇。
鹏城共踏步婚桥。

吉日送亲佳偶作，新人结愿慧心昭。
赊来秋色壮良宵。

好事近·鲍总生辰有寄

何以更秋浓？可为良辰添醉。
兄弟虾神雅聚，烛影余深味。

闽江烟雨钢花织，化作千丝汇。
敢把轧机轰响，志情诚可谓。

虞美人·妇女节兼贺姜丽芳辰

女神巧遇芳辰至，贺语风中寄。
丽人三月绽琼花，只与初春相约踏山家。

悠然一味生雅致，腹逸书香气。
德心兰质理桑麻，浓墨歌讴桃李漫天涯。

翻香令·年初一贺凯哥芳辰

屏前相识结机缘，丽姿艳艳韵嫣然。

芳华驻，犹如这，向日葵，锐往敢盈天。

借风当为凯哥欢，更添杯酒醉朱颜。

逸情涌，春丝绕，好时光，香雪伴新年。

临江仙·花影先生芳辰有贺

诗章文藻标新意，韶春可伫芳园。

严遵李杜品行贤。

玉姿雕瘦影，小字映清笺。

吉祥芳辰斟醇酒，豪情纵向云天。

举杯遥祝无须言。

吾师酬一诺，为我结诸缘。

一剪梅·贺吏岘弟辛酉生辰

五秩春秋步履匆。

军旅功成，齐鲁从戎。

风雷万卷入襟怀。

磊落男儿，当是英雄。

盾剑肩扛伟业丰。

已知天命，辛酉鸣空。

三杯浊酒醉西东。

豪气惊天，尽揽苍穹。

渔家傲·於氏龙虾开张有贺

虾神下界於氏候，红袍抖落清光透。

麻辣生香唇齿叩。

龙甲厚，尚余意气还杯酒。

三五邀欢遥唤友，万千入味频回首。

借得钢花喷锦绣。

华筵后，天瞻鹏举功成就。

渔家傲·同学俊平公子大婚未临留字以贺

吉日鸾台云织锦，秋风寄送余香沁。

看把佳期红烛枕。

延清荫，担来一世风霜任。

百味人生当自品，千金哪比天伦甚。

更待儿孙英气凛。

年丰稔，呼来好酒春秋饮。

庆春泽·贺古岩诗社成立五周年（依王延绵会长韵）

朵朵莲花传意，拈雅韵春秋，古岩铺砌。
曾五载精磨，三江澄洗。
友论词渊，笔端荡豪气。

英雄一尺笺纸，书八百罡风，万千情志。
留宋雨温心，唐烟凝字。
莫论高低，诗中漫香寄。

喝火令·寄语高考学子

欲借东风劲，还催战鼓忙，
一丝微雨透清凉。
天水拨开迷雾，提笔见华光。

怎把英雄论，如何剑气扬。
妙言舒畅意生香。定是云端，定是梦翱翔，
定是折来丹桂，踏浪有儿郎。

江城子·贺省女子楹联家学会成立兼祝文慧当选会长

只缘心契结楹盟，用真情，聚金声。
点点娉婷，联袂拂清灵。
文慧笔酣生妙意，风雅颂，竹梅迎。

而今乘势汇瑶瑛。字无形，意添兴。
宋韵唐音，欲卷上高层。
拟就传承须借力，人千里，论纵横。

佳人醉 · 无忧女史芳辰有贺

隐隐青山不老。心静无忧无扰。

淡看风云扫。幽兰香远，蕙质明浩。

借缕秋光入盏，引杯盈盈照。

素怀抱，只言安好。

庭月醉呼，这有良辰佳境，都为君来到。

踏清晓，从来年少，我寄千丝福绕。

鹤冲天 · 楚晨大婚有贺

红梅待放，喜鹊登枝上。

才子唤佳人，同舟荡。

刻写三生石，情定此，心归向。

千里家林望。共经风雨，挽手一生精酿。

高堂结彩迎新象，风流如尔辈，豪言唱。

更有良缘赐，珍惜这，须担当。

酒醉今欢畅。

云开祥气，送我祝福千丈。

福寿千春 · 贺凌公古稀华诞

墨写春秋，风吹雪鬓，信手拈成诗韵。

且把笔端吟自在，看惯波涛滚滚。

莫道古稀之老，夕照余晖引。

振襟怀，涤尘机，换来挚情不尽。

此生磊落根本，满园桃李盈，播种勤恳。

偶驾心舟，携云水寻幽，留深浅印。

今值寿诞日，暖阳传花信。

借良时，送千福，只期方寸。

凤孤飞·三亚会老领导风岐书记

踏着海风而去，缕缕柔情续。

纵是青春不复。

拾往昔，酬心目。

借以流光斟一斛。

经年事，满怀记录。

谈笑人生明月掬，犹然清霜筑。

卖花声·情人节赠妻

华夏五千年，琴瑟和弦。银河摆渡早为先。
纵是遥山分两地，一念相牵。

我欲寄千笺，掩卷无言。唯留呓语道妻安。
苦等南飞鸿雁返，执手成欢。

望梅花 · 小型分厂螺纹情

此身何择？只为一番求索。

回望四年风雨路，碾过深深痕迹。

当是率先施重手，契约推行改革。

众筹良策，旨在壮怀山色。

但见火龙穿暮夜，助我人生解惑。

勾勒螺纹心所向，岁岁收来新获。

跋

少年诗愫可拿云

初识宝泰，是在20世纪80年代中期。那时我从新华社奉调出任《鞍钢日报》副总编辑，负责采编业务。此前关于鞍钢的武装工作报道一直比较薄弱，忽然有一阵子，各版面中涉及鞍钢民兵预备役方面的新闻猛然增多，一些报道还被《东北民兵》《中国国防报》甚至《解放军报》所转载。一时间，鞍钢武装部在全国声名大噪，被国防部授予"企业民兵工作先进单位"等一系列国家级荣誉。时任解放军总参谋长的迟浩田上将还亲莅鞍山为鞍钢武装部授匾揭牌。这一切都与"卞宝泰"这个名字密不可分，因为这个时期他出任鞍钢武装部的专职宣传干事，他最辉煌的业绩则是当年东北发生大水灾时，他曾经一个月在《鞍钢日报》发稿三十五篇。这个纪录，至今仍未被打破。由此，我与宝泰相识，当时他刚刚二十出头。这份友谊一直延续到今天，已逾三十年。

1990年，我出任鞍钢中型轧钢厂党委书记兼厂民兵团政委。为了加强厂武装部工作，经与鞍钢武装部协商，选调宝泰担任厂武装部部长，不久又让他改任厂团委书记。在共青团岗位上，他同样干得风生水起，厂党委和厂团委共同创造的"以党建带团建"尝试受到中共中央组织部肯定，登上了《组工通讯》刊物，这也是鞍钢党委的类似经验首次在中组部工作刊物上发表，其影响远远超出冶金行业。其后不久，受中组部委托，鞍钢党委在中型厂召开现场会全面推广这个做法，宝泰也被补选为厂党委委员。这在全公司范围内也是唯一的特例。

当时正处于国有企业市场化改革的重要阶段。中型厂下属第二集体所有制单位劳服中型加工厂由于管理不善濒于倒闭。宝泰临危受命，接任厂长一职。他埋头苦干，大胆开拓，紧紧依靠广大群众，很快扭转了被动局面，使企业起死回生。他也被鞍钢附属企业公司提拔为劳动服务公司副经理，跻身于厂处级干部行列。宝泰并非出自学门，他所取得的一切成就，都是脚踏实地一步步走出来的。可以说，他是个人奋斗成功的典型。

如今不少人把宝泰视为企业家，但我知道，他的骨子里更多的是文人情结。他最初引起世人关注的，也是他的新闻报道，以及不时在报刊上发表的各类文章。早在二十年前，他便出版了自己的第一部散文、报告文学集，那个集子中的文章多是写鞍钢预备役也就是武装部和民兵的事迹和生活，时任鞍钢总经理李华忠把它推荐给中央军委副主席、国防部部长迟浩田上将，上将颇为嘉许，并且亲笔题写了书名——《贝叶上的梦》。这也是宝泰一直引以为豪的一件事。

虽然一直把自己浸润在笔墨书香中，但宝泰对旧体诗词产生兴趣着实令我有些吃惊，因为在我看来，没有一定的旧学功底和古文基础，很难有底气去触摸格律诗词这颗古典文学皇冠上的明珠。宝泰却敢于挑战这种不可能。他的前半生其实一直都是在应对挑战，而每次他都是胜利者。在传统诗词的园圃中，他像一个勤奋的耕耘者，不屈不挠地探索前行，历经十年，逐渐实现了由生涩到娴熟，从邯郸学步到游刃有余的飞跃，在"企业家"的头衔之上，又有了"诗词家"的光环。这无异于他人生中的又一次脱胎换骨，因为这使他的精神世界变得更加丰富多彩，更加显示出灵魂的张力。

关于宝泰诗词作品的评价，延绵先生在序言里讲得极为中肯，我十分赞同，不敢再有所赘言。我写了以上文字，重点是介绍宝泰这三十年一路走来在文学追求方面努力完善自我的一个侧面。他是企业家，但我更把他看作一个有着人文情怀、诗意心境的文化人。他把自己的书房定名为"拂云斋"，拂云者，仰观星河灿烂，俯瞰人世多彩，天清气朗、眼明心亮也！腹有诗书气自华，愿宝泰像他的网名"玉水"那样，永远澄澈透明，纤尘不染，看穿大千世界，涤荡人间烦扰，度过一个丰满而绚丽的诗香生涯。

权为跋。

李国征

2018年12月24日于黔东南梵净山下

李国征，现任辽宁省当代文学研究会副会长、鞍山市诗词学会副会长兼秘书长。